LA MALÉDICTION
DE LA PIERRE LEVÉE

www.editions.flammarion.com

© Éditions Flammarion pour le texte et l'illustration, 2009.
87, quai Panhard et Levassor - 75647 Paris cedex 13
Dépôt légal : février 2009 – Imprimé en France par IME.
ISBN : 978-2-0812-2072-0 N° d'édition : L.01EJEN000290.N001
Loi n°49-956 du 16 juillet 1949 sur les publications destinées à la jeunesse.

Alain Surget   Annette Marnat

LA MALÉDICTION
DE LA PIERRE LEVÉE

CASTOR POCHE

Chapitre I

Jambe de bois
et compagnie

Vers 1660, dans la Ville Close, à Concarneau.

Benjamin et P'tite Louise cessent de respirer, sidérés par la brusque apparition de Patte de printemps, un des pirates de Barbe Noire qu'ils croyaient disparu en mer.

– Que... Co... comment ? bégaie Benjamin, incapable de trouver ses mots, le pistolet du vieil homme braqué sur sa tempe.

Patte de printemps les pousse dans l'ombre d'un porche et les plaque dans un recoin, de sorte que personne, de la rue, ne puisse les apercevoir.

– Le diable n'a pas voulu de moi, ricane-t-il. J'ai assisté à la bataille*, cramponné à mon morceau de planche et ballotté par les vagues. Plus tard, j'ai été secouru par un navire français. Pour payer ma traversée, le capitaine m'a obligé à assommer tous les

* Voir *Tonnerre sur les Caraïbes*.

rats dans la cale et à les jeter par-dessus bord, puis il m'a débarqué ici. Depuis, je vivote en larronnant de-ci, de-là, songeant à toutes les richesses qui me sont passées sous le nez. Mais à présent que je vous tiens, la vie me sourit à nouveau... Tu-tu-tut, ne porte surtout pas la main à ton épée, conseille-t-il à P'tite Louise, sinon c'est ton frère qui en pâtira !

– Il va falloir déchanter, rétorque la fillette. Nous n'avons pas trouvé le trésor de papa. Son coffre, sur l'île des Caïmans, ne renfermait que le deuxième couplet d'une ritournelle. Nous sommes revenus les mains vides, Marie, Parabas et nous.

L'arme tremble dans la main du pirate. C'est vrai qu'il n'a pas vu de coffre, et la fillette ne porte pas de beaux atours.

– Je ne vous crois pas, se reprend-il. Le trésor, vous l'avez caché, et vous irez y puiser selon vos besoins.

– Vous vous trompez, dit Benjamin. De plus, l'or du galion espagnol nous a échappé. Nous n'avons vraiment récolté que des ennuis depuis notre départ de l'île de la Providence.

– Vous feriez mieux de retourner dans vos crottes de rats et nous laisser tranquilles, jette P'tite Louise au vieux requin. Parabas et les autres vont s'inquiéter de notre retard. S'ils tombent sur vous en sortant de la taverne, ils vont vous rosser avec votre propre jambe de bois.

– Ouais, confirme son frère. Ils ne vous pardonneront pas de les avoir trahis en ralliant Barbe Noire.

– Au fait, je n'ai pas vu Cap'taine Roc, remarque Patte de printemps que les menaces de la gamine n'impressionnent pas. Où se dissimule-t-il, celui-là ?

– Papa est mort, annonce le garçon. Tué dans l'explosion d'un des navires lors de l'attaque du galion.

– Barbe Noire aussi est mort, ajoute la fillette. Abattu par le commodore Navaja alors qu'il tentait de lui arracher *La Puce Rageuse*.

– Il ne reste que nous, finit Benjamin. Ainsi que Marie, Parabas, Ni oui ni non, Tepos et Malibu.

Le vieux pirate fronce les sourcils et fait une moue, mais il ne baisse pas son arme pour autant.

– Alors ils sont tous morts… les capitaines, les équipages… tous morts. Mais pourquoi Parabas n'est-il pas resté aux Caraïbes? réfléchit-il. Pourquoi est-il revenu en France alors que sa tête y est mise à prix?

– Nous n'avons pas eu le choix. Navaja…

– Silence, morveuse! aboie-t-il en collant son pistolet sur le front de la petite.

Il lui retire l'épée du fourreau et la jette au sol.

– Je ne peux pas croire que le trésor de votre père soit perdu à jamais, crache-t-il. Comme tous les pirates, Cap'taine Roc savait que sa vie pouvait s'arrêter brutalement avec un boulet de canon. Il n'allait pas vous laisser dans la misère. Il a forcément semé des indices. Peut-être même a-t-il donné quelques indications à Parabas?

– Non, réfute Benjamin. Si le marquis avait su quelque chose, il serait allé droit au trésor plutôt que de nous tirer des griffes de Barbe Noire.

– Hum, hum… grogne Patte de printemps, hum, hum… Après tout, vous devez avoir raison.

Son regard se fait plus dur, ses yeux s'étirent en deux fentes, tels ceux d'un félin prêt à bondir.

– Bien sûr, reprend-il avec un sourire de hyène, Parabas ne sait rien, c'est vous qui le promenez... Au large, toi! lance-t-il à un chien venu renifler sa jambe de bois.

Dans un réflexe, il décoche un coup de pied à l'animal avec son pilon. Le mouvement le déséquilibre, P'tite Louise dévie l'arme et Benjamin agrippe le pirate au collet...

– Doucement la jeunesse! menace une voix grave issue d'une arrière-cour. Alors vieux sabot, tu te laisses surprendre comme un piaf sorti de l'œuf...

Une demi-douzaine de gaillards aux gueules cassées s'avancent en balançant des gourdins, des sabres, des armes à feu.

L'un d'eux ramasse l'épée de P'tite Louise et la passe dans sa ceinture.

– C'est à cause de ce maudit cabot, grommelle Patte de printemps en se dégageant.

– Tu t'attaques aux mioches à présent? se moque un colosse aux bras aussi épais que des cuisses. Pourtant ces deux-là n'ont pas l'air d'avoir le sou.

– Détrompe-toi, Cou de taureau, ces deux-là vont

nous mener au plus fabuleux trésor que tu n'as jamais pu imaginer.

– Vous n'avez pas perdu de temps pour reformer une meute, Patte à vers! constate P'tite Louise.

– Un beau ramassis de crapauds! souligne Benjamin.

Cou de taureau empoigne le garçon et le soulève d'une seule main, l'étranglant à moitié.

– Lâche mon frère, Tête à cornes! réagit la fillette en le bourrant de coups de poing.

Patte de printemps désigne deux de ses hommes.

– Cabillaud et le bouif, allez surveiller la rue et empêchez quiconque de venir ici. Nous, on va chatouiller les deux oisillons pour qu'ils nous chantent leur petit secret.

– Puisqu'on vous dit qu'on ne sait rien, gargouille Benjamin, tout rouge, tandis que sa sœur continue à marteler le ventre de Cou de taureau.

– Suffit, la mouche! gronde celui-ci en la repoussant et en lâchant son frère. Un cri, une fausse note, et je vous déplume jusqu'à l'os.

Le pirate les dirige dans leur repère : une arrière-cour entourée de murs aveugles et encombrée de tonneaux vides.

– Tu as parlé d'une ritournelle, poursuit le vieil homme. Un couplet déposé dans un coffre par ton père. Lis-moi le papier!

– Je ne l'ai plus, répond P'tite Louise. Comme il ne nous apprenait rien, nous l'avons utilisé pour allumer un feu.

– Je vais te tuer et fouiller ton cadavre, grince un nommé Pète-feu, aussi maigre qu'une allumette.

– C'est la vérité! intervient Benjamin. Il faisait si froid, une nuit, pendant que nous longions la côte portugaise dans une chaloupe*, que nous avons été obligés de...

– Alors vous ne nous servez plus à rien. Tranche-leur la gorge! ordonne Patte de printemps à un des hommes munis d'un sabre.

– Non, non, s'affole la fillette. Avant de brûler le feuillet, nous... nous avons appris le texte par cœur.

– Voilà qui est mieux.

– Il est question des Montagnes Noires, confie P'tite Louise. Au nord-est de Concarneau.

* Voir *Dans le ventre de L'Espadon.*

– Au pays de la Groac'h, précise Benjamin.

– C'est quoi, la Groac'h ? interroge Patte de printemps.

– La sorcière de la pierre levée, l'éclaire Pète-feu, un frisson dans la voix. Quand j'étais gosse, on racontait déjà...

– C'est une légende ! l'interrompt Cou de taureau. Une histoire à débiter aux mômes quand ils ne sont pas sages. Y a pas plus de Groac'h que de cervelle dans ta tête !

– Cap'taine Roc aurait enfoui son trésor dans les Montagnes Noires, rumine Patte de printemps en se grattant le menton. Mais où ? Y a-t-il une pierre levée dans la région ?

– Il y en a plusieurs, signale un des bandits. C'est comme ça qu'on appelle les menhirs par chez nous. Mais le plus haut se trouve à la source de l'Odet. C'est là que commence le pays de la Groac'h.

– C'est là qu'il faut aller, je le sens, assure le vieux gredin en tapotant son nez.

– Qu'est-ce qu'on fait de ces deux-là ? demande Cou de taureau, l'œil mauvais.

– Le message ne mentionne rien de plus, se hâte de dire Benjamin, mais il est fort probable que des détails, qui ne vous frapperont pas, nous mettront sur la bonne piste, ma sœur et moi, parce qu'ils nous rappelleront des mots de papa.

– Vous ne trouverez jamais le trésor sans nous, renchérit la gamine en se rengorgeant.

– On ne risque rien de les emmener avec nous, suggère Pète-feu. Une fois sur place…

Il se tait. Son silence est lourd de signification.

– Pourquoi pas, accepte Patte de printemps. Ce serait trop bête de se couper l'herbe sous les pieds. Mais il faut d'abord nous débarrasser de Parabas et des autres. Je ne veux pas les avoir sur mes talons.

– Un bon coup de pistolet… propose Cou de taureau.

– Non, cela jetterait les soldats à nos trousses. J'ai une bien meilleure idée, annonce le vieux forban.

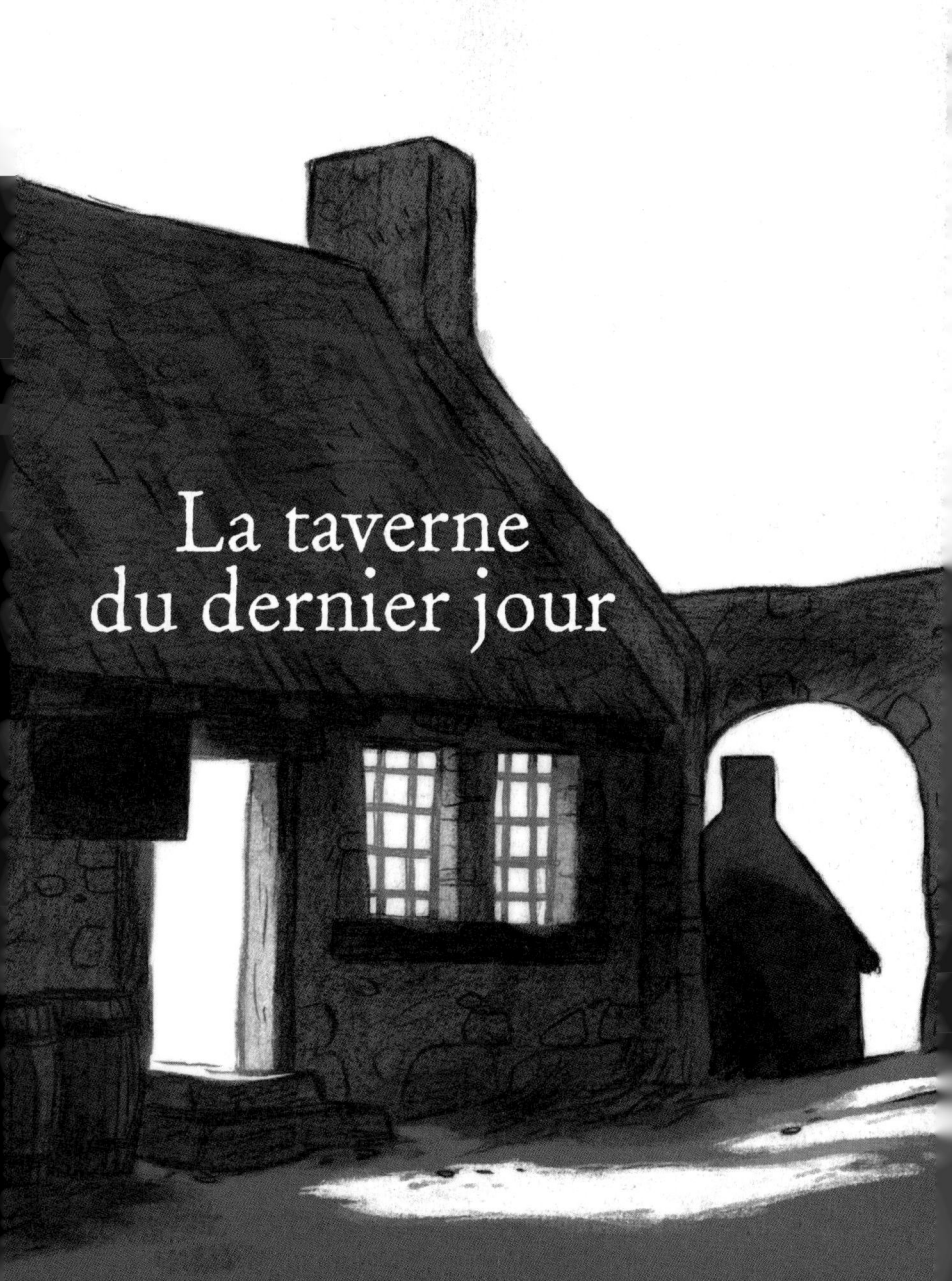

Chapitre II

La taverne
du dernier jour

Marie la Rouge repose son gobelet de tafia et jette un coup d'œil inquiet vers la porte.

– Benjamin et P'tite Louise mettent bien du temps à revenir. J'espère qu'ils ne se sont pas pris de querelle avec les gosses des rues.

– D'autant que la petite a une rapière et qu'elle sait s'en servir, note Ni oui ni non.

– Nous n'aurions jamais dû les laisser seuls, se reproche Parabas. J'ai réussi à glaner l'adresse d'un loueur de chevaux et de carrioles, et j'aimerais bien, à présent, ne pas traîner ici.

– Personne ne s'attend à te revoir dans le coin, relève Tepos, l'oncle de Marie. Je ne pense pas qu'on te reconnaisse.

À cet instant, Cou de taureau et trois de ses

acolytes pénètrent dans la taverne. Ils jettent un coup d'œil circulaire à travers l'atmosphère embuée de fumée de pipes, puis, ayant découvert ceux qu'ils cherchent, ils se fraient un passage au milieu des tables.

– Mais c'est le marquis Roger de Parabas! s'exclame Cou de taureau en se dirigeant vers lui. Un pirate dont la tête vaut plus de cent louis d'or! Une canaille qui a écumé les Caraïbes et pillé les colonies de Sa Majesté notre bon roi Louis!

La salle se tait. Parabas s'est redressé à demi, la main sur la poignée de son sabre. Marie le retient par le bras.

– Tu ne nous avais jamais avoué que tu valais autant, lui glisse-t-elle.

– Il exagère, répond-il sur le même ton.

– Le marquis de Parabas est mort! affirme bien haut Ni oui ni non. Cet homme s'appelle Crockette. Nous venons des Antilles, et nous avons vu le corps de Parabas se balancer au bout d'une corde à Port-Royal.

– C'est exact, appuie Marie. Si des têtes méritent

d'être chassées ici, ce sont bien celles de ce braillard et de ses trois singes, gibiers de potence en diable!

Cou de taureau souffle de colère par les narines. Il bouscule un buveur, le fait tomber de son siège, saisit le tabouret et se rue sur Parabas.

– Livrons ces pirates à la maréchaussée! crie le bouif pour inciter les clients de la gargote à se joindre à eux. Le marquis, la fille, le Noir, l'Indien, le perroquet, tous! Je suis sûr qu'il y a une récompense pour chacun d'eux.

Une matrone s'interpose entre Parabas – qui a dégainé son sabre – et Cou de taureau qui brandit le tabouret à deux mains.

– Pas chez moi! hurle-t-elle. Allez vous étriper dehors!

Le colosse la balaie d'un mouvement de son large battoir, puis il assène l'escabeau sur le marquis, qui évite le coup. Le siège éclate sur la table, renversant la cruche et les timbales. Ferme ton bec! s'arrache de l'épaule de Marie et se met à voleter en poussant des criaillements. Le tavernier accourt. Cabillaud l'attrape par son tablier de cuir et le projette par-dessus un banc, culbutant deux clients. D'un moulinet du poignet, Parabas pointe sa lame sur la gorge de Cou de taureau, le bloquant net dans son attaque. La brute ouvre une bouche énorme, tant par surprise que pour demander grâce. Le pommeau du sabre s'écrase sur ses lèvres et lui brise une dent. Dans le même temps, Marie a grimpé sur une chaise et, d'un bond prodigieux, elle s'est élancée au- dessus des têtes. Son talon frappe le bouif en plein visage et lui aplatit le nez jusqu'aux oreilles. Malibu s'est glissé sous une table et, la soulevant, il la lance sur ceux qui sont devant lui, sans se soucier s'il s'agit de malfrats ou d'honnêtes habitués du lieu.

En un instant, la mêlée devient générale. On ne cherche plus à savoir qui a raison, qui est le pirate ou le menteur. Ceux qui se cachent sous les tables sont tirés par les pieds, relevés, talochés, cognés, cabossés… Les cruches, les gobelets, les assiettes, les pots à cornichons volent dans l'air, se fracassent contre les murs et sur les crânes.

– Charrrgez les canons ! Tous à l'aborrrdage ! Feu

par triborrrd! Lancez les grrrappins! Ça va secouer, nom d'un rrrequin! criaille Ferme ton bec! en volant à travers la salle sans trouver d'endroit où se poser.

Un gobelet en étain l'atteint brusquement à la

tête, le projetant contre un mur.

— Où traînent donc les jumeaux? enrage le marquis.

— Que fait donc Pète-feu? s'impatiente le brigand. Ces bougres-là vont nous échapper.

– Suffit! Cessez de vous battre là-dedans! Où sont les pirates? Parabas et sa clique! tonne une voix jupitérienne.

Pète-feu et la maréchaussée! Campé sur le seuil, l'épée à la main, le capitaine relance son injonction. Derrière lui se pressent des gendarmes en cuirasse, la baïonnette au fusil. La bagarre cesse aussitôt.

– C'est lui! crie Cou de taureau en désignant le marquis. Ceux qui l'entourent font partie de sa bande. Il y a une forte récompense pour qui les livrera au bourreau.

Un cercle se creuse autour d'eux, les gens refluant pour ne pas être confondus avec les flibustiers.

– Puisqu'on vous certifie que Parabas a été pendu à…!

– C'est inutile, souffle le marquis à Ni oui ni non, quelqu'un nous a piégés. Ces canailles avaient pour but de nous retenir dans la taverne pendant qu'un de leurs complices prévenait la maréchaussée. Ouvrons-nous un passage jusqu'à la fenêtre!

Malibu et Tepos empoignent un banc et le jettent sur le premier rang de soldats qui arrive sur eux. Puis le groupe se rue vers la fenêtre en faisant tourbillonner un tabouret ou un pied de table et en poussant des hurlements sauvages pour faire s'écarter les gens. Marie brise la vitre avec un pichet en étain et, se protégeant le visage avec les bras, elle bondit dans la venelle. Le verre éclate à nouveau quand ses compagnons l'imitent et atterrissent derrière elle.

– C'est une impasse ! s'affole la jeune femme. Il faut dévaler la ruelle.

Ils se mettent à courir tandis que des gendarmes sautent aussi par la fenêtre. Certains tirent des coups de feu en l'air pour exhorter les fuyards à s'arrêter. Brusquement, une ligne de soldats surgit et barre la rue. Les hommes épaulent leurs fusils, visent les pirates…

– Rendez-vous ! clame le capitaine. Ou nous vous fusillons sur place !

Telle une bête traquée, Parabas cherche une issue des yeux, une porte, un soupirail, un trou par où s'échapper, mais il n'y a rien, rien que des murs. Derrière eux, leurs poursuivants ont posé un genou à terre et ils les tiennent en joue, eux aussi.

– Ils vont tirer, pressent Ni oui ni non.

Parabas ouvre sa main. Son sabre tombe sur les pavés avec un bruit métallique. Puis il lève les bras. Ses compagnons font de même.

– Cette fois la corde nous attend, soupire Marie. Nous sommes bons pour la danse sans plancher.

La troupe se referme sur eux. Entravés, poussés en avant, les prisonniers sont conduits sans ménagement vers la prison de la ville, un ouvrage fortifié situé entre deux petits ponts reliant l'îlot – la Ville Close – à la terre.

– C'est gagné! se félicite Cou de taureau qui s'est éclipsé avec ses complices dès que la maréchaussée a fait irruption dans la taverne. À présent rejoignons le vieux bouc, et en route pour les Montagnes Noires! Le trésor de Cap'taine Roc va bientôt tomber entre nos mains.

Perché sur la lanterne au-dessus de la porte de l'auberge, Ferme ton bec! a du mal à retrouver ses esprits. La tête lui tourne encore, et il se demande où sont passés ses compagnons. Il est seul, et les premières gouttes d'une averse commencent à mouiller la ville.

– Rrr… rrr… rrrouououou !

Chapitre III

Le mendiant
et le perroquet

Les rues sont luisantes de pluie. Une pluie grise, pénétrante, qui laque les toits et tasse les gens chez eux, derrière les fenêtres aux rideaux épais. La lumière s'est assombrie avec les nuages, et l'après-midi a pris une couleur de soir. Les échoppes résonnent toujours du travail des artisans, mais les clients ne s'arrêtent plus devant les comptoirs qui donnent directement dans la rue.

Le sabot clair d'une mule sonne sur les pavés, souligné par le roulement grinçant d'une charrette. Assis sur le siège, Patte de printemps conduit l'attelage, Cou de taureau et les autres marchant autour de lui, un sayon de paysan serré à la taille et un vilain chapeau enfoncé jusqu'aux yeux.

Sur la carriole bringuebalent deux tonneaux

dont le couvercle a été cloué. Seul un trou, à l'emplacement du bouchon, permet l'arrivée de l'air. Bâillonnés, les pieds et les poings liés, P'tite Louise et Benjamin ne peuvent bouger ni appeler à l'aide, coincés à l'étroit chacun dans leur tonneau.

– Il faut quitter la ville avant qu'une patrouille ne découvre le joli lot de croquants qu'on a assommés et dépouillés de leurs vêtements, dit le bouif.

– Tout comme le roulier à qui on a emprunté sa charrette et sa mule, complète Cabillaud.

– Si un cor jette l'alarme, le guet va tendre des chaînes dans les rues, comme après le couvre-feu, et nous serons bloqués. En nous fouillant, les gardes trouveront les armes cachées sous le chariot.

– Cessez donc de claquer du bec ! grommelle Patte de printemps. Pour des coupeurs de gorge, vous me faites plutôt l'effet de capons effrayés par leur ombre. Le pire que nous ayons à craindre, c'est qu'une bande rivale nous repère et nous prenne en chasse.

Ils passent devant l'hôtel-Dieu, suivent une rue en ligne droite où des quantités d'enseignes couinent au bout de leur potence, longent l'arsenal devant lequel un piquet de gardes prend stoïquement la pluie, et arrivent devant les remparts, dans une cour fortifiée. Peu désireuse de se faire tremper, la sentinelle les laisse s'engager sous la porte creusée dans l'enceinte, et répond à leur salut par un petit geste de la main. Ils franchissent ensuite les deux ponts et ils atteignent le marché aux poissons situé sur l'autre rive, quasi désert à cette heure de la journée.

Vêtu d'un long manteau de pèlerin, la capuche sur la tête, un mendiant marche droit vers eux en s'appuyant sur un grand bâton noir.

– La charité, mes bons amis ! Voilà trop longtemps que je ne mange que de la soupe aux herbes et que je dors à la belle étoile.

Cou de taureau lui assène dans la poitrine un coup de poing qui envoie le malheureux à terre.

– À présent, tu les vois en plein jour, les étoiles ! s'esclaffe-t-il.

Les autres éclatent d'un rire gras et menacent de piétiner le pauvre bougre.

– Vous rendrez compte de vos actes ! leur lance celui-ci.

– À qui donc? réplique Pète-feu. Nous serons bientôt plus riches que le roi.

– Tais ta boche! grince Patte de printemps. Tu veux attirer toutes les mouches derrière nous?

Les hommes jettent un rapide coup d'œil autour d'eux. Les rares passants que la pluie n'a pas chassés sont trop loin pour avoir entendu. Aucun ramassis de crapules ne s'est glissé dans leur sillage, et ce n'est pas le misérable crapaud qui se relève péniblement qui peut leur occasionner la moindre gêne. C'est d'un bon pied et le cœur léger que la bande oblique vers le nord, laissant Concarneau dans son dos.

*   *   *

Dans la prison, tous les pirates ont été enfermés dans la même cellule. Tepos, Malibu et Ni oui ni non sont prostrés dans un angle, pestant contre le mauvais sort. Parabas est adossé contre un mur, bras croisés, enfermé dans un profond mutisme.

Quant à Marie, elle est collée à la fenêtre, les

mains sur les barreaux, un regard de colère posé sur la ville.

— Où sont passés les jumeaux? rumine-t-elle. Ont-ils pris peur en voyant les soldats? Savent-ils que nous avons été arrêtés?

Les autres ne répondent pas.

Le silence est lourd, si lourd qu'il étouffe la plus petite lueur d'espoir.

— Les procès contre les pirates sont expéditifs,

déclare le marquis. Sitôt jugés, sitôt pendus. Nous n'aurons pas l'occasion de moisir ici.

Marie tente de secouer les barreaux en poussant un hurlement de rage. C'est alors qu'une masse de plumes tombe devant elle.

– Ferme ton bec! s'exclame-t-elle. Je croyais que le choc t'avait tué.

L'oiseau saute dans la cellule mais il se reçoit mal sur le sol et se met à tituber.

– Il est sonné, constate Malibu.

– Il est notre seul lien avec les jumeaux, annonce Marie en l'attrapant. Retrouve Benjamin et P'tite Louise! lui ordonne-t-elle. Dis-leur que nous sommes en prison et qu'ils nous fassent sortir de là! Tu as compris?

– Rrrouououou.

– Répète: Marie, prison, intervient Parabas. Cela suffira pour qu'ils comprennent. Marie… prison…

Le perroquet penche la tête vers lui.

– Il est fou, Parrrabas, sous son grrrand chapeau!

– Va le retrouver, mon grand chapeau! Il est sur la tête de P'tite Louise.

– La tête… reprend Ferme ton bec! Y a qu'un cheveu surrr la tête à Mathieu!

– Le coup qu'il a reçu l'a dérangé, se désole Ni oui ni non. Nous n'en tirerons plus rien.

– Prrrison… Marrrie… Charrrgez les canons et

abattez le murrr! Ça va fumer, nom d'un cheveu!
Y a qu'un poil sur la tête à Parrrabas!

Les hommes se regardent et poussent un profond
soupir.

– Prison... Marie, c'est ça qu'il faut retenir!
insiste la jeune femme en ramenant l'oiseau vers la
fenêtre.

– Marrrie... prrrison! Marrrie... prrrison!
Envoyez les grrrappins, tas de fainéants!

– Tu es notre dernière chance! lui souffle Marie.

Puis elle le jette dans le vide. Ferme ton bec!
redresse son vol, trace un cercle dans le vent,
comme pour chercher son orientation, puis il file
dans la direction opposée à celle prise par les
enfants et leurs ravisseurs.

Chapitre IV

Le chemin
des Montagnes Noires

L'aube. Des coups de poing résonnent contre les douves des tonneaux, tirant Benjamin et P'tite Louise d'un sommeil agité. Ils ont passé la nuit roulés en boule au fond de leur barrique, les mains attachées dans le dos, sans bâillon toutefois. Cou de taureau plonge sa main dans les tonneaux et les ressort l'un après l'autre.

– Nous sommes dans la forêt de Couatlouch, au sud de Rosporden, indique Pète-feu. Nous atteindrons l'Odet ce soir, et il faudra encore compter une journée avant d'arriver à sa source.

– Je vais aller faire boire la mule à l'étang, dit Cabillaud.

– Déliez les mains des deux gosses, ordonne Patte de printemps aux autres membres de sa bande, et surveillez-les de près pendant qu'ils mangent.

— J'ai envie de me dégourdir les jambes, annonce P'tite Louise. Et je refuse de retourner dans ce tonneau qui pue le maquereau !

— Tu refuses ? ricane le vieux pirate.

— C'est simple, ajoute Benjamin, si vous nous forcez à entrer de nouveau là-dedans, nous nous ferons éclater le front à force de donner des coups de tête dans le bois. Nous verrons bien, après ça, comment vous dénicherez le trésor.

— Ne te laisse pas attendrir par ces mioches, avertit Cabillaud en détachant la mule. Une bonne rossée...

— Toi, la Morue, va te noyer dans ton étang ! réplique la fillette.

— Ça va ! gronde Cou de taureau. On va abandonner les tonneaux ici. Les deux jeunes monteront sur le siège avec Patte de printemps. Vous, vous marcherez autour de la carriole, dit-il aux autres, et moi je tiendrai la mule par la bride, au cas où l'un de ces moustiques réussirait à éjecter le vieux et à saisir les rênes pour lancer la bête au galop.

– Au moindre faux pas, je vous tranche une oreille avec mon sabre, prévient un des hommes en s'adressant aux jumeaux. Ensuite ce sera le nez, puis un bras...

– Ces deux-là sont aussi impatients que nous de trouver le trésor de leur père, signale Patte de printemps. Maintenant que leur sœur et Parabas sont aux mains des soldats, ils savent qu'ils ne peuvent plus compter que sur nous pour atteindre leur but.

– Tu paieras aussi pour l'arrestation des nôtres, Patte pourrie! jure la gamine.

– Si vous êtes sages jusqu'au bout, on vous laissera quelque chose, promet Pète-feu. De quoi t'acheter des boucles d'oreilles, ma belle, et à ton frère un grand chapeau semblable au tien.

P'tite Louise hausse les épaules et accepte un quignon de pain dur et un morceau de fromage. Puis, tandis que Benjamin s'allonge pour étirer ses jambes, elle se met à marcher autour de la carriole en pensant très fort à ses compagnons prisonniers. « Le juge va les condamner à mort. Je ne les reverrai plus, ni Marie, ni Parabas, ni les autres. C'est terrible, terrible… Et je crains fort que ces artoupians ne nous éliminent, Benjamin et moi, quand ils verront briller le premier joyau du trésor. »

Au cours de l'après-midi, comme ils approchent de l'Odet, un boulet de plumes s'abat tout à coup sur l'épaule de Benjamin.

– Tous à la merrr! L'ennemi est surrr le pont! Sauve qui peut! Abandonnez le navirrre!

– Tu en as mis du temps à nous rejoindre, remarque le garçon. Où étais-tu passé?

– Qu'est-ce que c'est que ce sac à jactance ? s'étonne un des vauriens en dégainant son pistolet. Je m'en vais lui apprendre à… !

– Ne tirez pas ! s'écrie P'tite Louise. C'est notre perroquet ! C'est tout ce qui nous reste de… de notre famille.

– Ben le voilà ton trésor, ma jolie ! raille le gaillard. T'as plus besoin d'autre chose, pas vrai ? Tu devrais piquer les plumes de sa queue sur ton chapeau pour avoir l'air d'une princesse.

Ferme ton bec ! tourne la tête vers lui, l'observe de son gros œil rond, entrouvre le bec et lâche :

– Malotrrru ! Paltoquet ! Rrrastaquouère ! La lumièrrre… Il faut aller vers la lumièrrre ! Le bouclier de pierre est sur le grrros orteil ! Le code est dans le chef, et y a qu'un cheveu surrr la tête à Mathieu. Rrrouououou !

– Qu'est-ce qu'il raconte ? s'étonne Benjamin.

– Il a dû prendre un mauvais coup dans la taverne, déduit P'tite Louise. Il débloque complètement.

– Il a parlé de code, grince Patte de printemps.

– Effectivement, confirme Benjamin qui voit

dans le délire du perroquet un moyen de rester en vie. Ses paroles sont un peu décousues, mais nous découvrirons leur sens, ma sœur et moi. Je vous avais bien dit que nous vous serions indispensables pour dénicher l'emplacement du trésor.

Le vieux pirate grommelle quelque chose entre ses dents, puis :

– Prends soin de ta bestiole ! conseille-t-il au garçon.

La marche se poursuit sans un mot, marquée par le grincement des roues, le claquement des sabots sur les pierres et les ahans sourds des hommes qui peinent dans la montée.

Le lendemain, en début de soirée, le groupe atteint enfin la source de l'Odet. Là, au sommet d'une colline, un gigantesque menhir se découpe à l'entrée d'une forêt de chênes, de hêtres et de sapins.

– Nous sommes arrivés à la pierre levée, indique un des rufians en la montrant du doigt.

– Juste derrière commencent les Montagnes Noires, précise un autre.

– Le pays de la Groac'h, souffle Pète-feu, un frisson dans la voix.

– Et maintenant ? s'interroge P'tite Louise. Que va-t-il se passer ?

Elle échange un regard inquiet avec son frère.

– Pourvu que la Groac'h ne nous bouffe pas tout crus ! exhale celui-ci.

Chapitre V

La pierre levée

À mesure qu'ils approchent, la pierre levée se colore d'une teinte rosâtre. Piquetée de petits trous qui s'entachent d'ombre violette, elle offre l'image d'un grand corps vérolé, puis, le soleil descendant, les trous se transforment en dizaines d'yeux braqués sur les intrus.

– J'ai la nette impression qu'on nous épie, remarque Pète-feu en resserrant son col.

Personne n'ajoute un mot. Patte de printemps observe la mule: elle a redressé la tête et pointé les oreilles en avant. En même temps elle a ralenti l'allure et poussé un hennissement nerveux. D'un claquement de la langue, le vieux veut la relancer, mais elle hésite, renâcle, et s'arrête.

– Hue dia! crie le pirate, fouettant la croupe de

ses rênes tandis que Cou de taureau est obligé de tirer sur la bride pour que la bête consente à avancer.

– Y a quelque chose, grommelle celui-ci en jetant un regard peu rassuré autour de lui.

Benjamin et P'tite Louise en sont convaincus, eux aussi.

Devant eux, la forêt ouvre une bouche énorme. Un four. Une porte sur un autre monde. Lorsqu'ils pénètrent dans le sous-bois, l'obscurité les enveloppe comme une écharpe de soie noire.

– La forêt est aussi sombre qu'une jungle, constate la fillette.

– Ce doit être pour ça qu'on appelle l'endroit les Montagnes Noires, suppose son frère.

Ils franchissent un rideau d'arbres et se retrouvent dans une minuscule clairière, une sorte d'anneau tracé autour de la pierre levée.

– Et maintenant ? s'enquiert Cou de taureau.

Patte de printemps descend de la carriole, fait le tour du menhir, passe ses mains sur la surface pour y déceler des signes gravés, invisibles à l'œil nu.

– Je sens bien des creux et des aspérités, marmonne-t-il, mais est-ce qu'ils ont une quelconque signification ?

– Les gosses doivent savoir quelque chose, grogne un des gredins. Il serait peut-être temps de leur tirer les vers du nez.

– Ouais, ouais, approuvent les autres en hochant la tête.

Cabillaud et le bouif attrapent les enfants, les jettent à bas de leur siège et, les tenant par le col, ils les traînent devant la pierre levée.

– Vous allez étudier attentivement ce bloc de pierre et vous rappeler les mots de la ritournelle, assène Cou de taureau.

Pendant qu'il distribue des ordres pour établir le camp, Benjamin et P'tite Louise examinent le menhir.

– C'est un caillou comme tous les autres, murmure la fillette. Sauf qu'il est plus grand.

– Je ne vois aucun rapport entre la chanson et cette pierre, se désespère son frère. Tu n'as rien à nous divulguer, toi ? demande-t-il au perroquet toujours installé sur son épaule.

– La lumièrrre ! Il faut aller vers la lumièrrre ! Le

bouclier de pierre est sur le grrros orteil. Le code…

– Ça va! fait P'tite Louise. Il ne s'arrange pas, le pauvre!

Le soleil couchant fait soudain briller le sommet de la pierre, la coiffant d'un casque d'or. Le garçon tressaille.

– L'or est roc sur les crêtes noires! s'exclame-t-il, reprenant la deuxième phrase du deuxième couplet. Et si la crête était le haut du menhir?

– Et ce qui est inscrit tout au-dessus n'est révélé que par le soleil! comprend sa sœur, aussi excitée que lui.

– La cachette de l'or est indiquée là-haut, c'est sûr! claironne Patte de printemps. J'ai bien fait d'emmener ces mioches avec nous.

Poussant des cris de joie, les hommes placent la charrette au pied du mégalithe, grimpent dedans et se font la courte échelle pour atteindre le sommet.

– Ce serait le moment de lancer la mule au galop, glisse P'tite Louise à son frère.

– Hum, Patte de printemps nous tient à l'œil, la main posée sur la crosse de son pistolet… Ah, l'autre arrive en haut. Qu'est-ce qu'il va découvrir?

Debout sur les épaules d'un de ses compères, Pète-feu scrute la roche, souffle dessus, verse même un peu d'eau de sa gourde pour faire apparaître d'hypothétiques inscriptions...

– Y a rien ! rauque-t-il. La pierre est aussi lisse que le crâne d'un chauve.

– Est-ce qu'un rayon de soleil ne se reflète pas sur le menhir pour montrer une direction ? hasarde P'tite Louise.

L'homme se décolle de la roche pour prendre du recul. Trop. Il perd l'équilibre, bat des bras pour se raccrocher au menhir, piétine les épaules de celui qui le porte. Ce dernier se rejette de côté pour éviter que Pète-feu lui écrase une oreille, et il bascule vers la droite, déstabilisant tout l'édifice humain.

– Ooohhh !

Tous vacillent, puis dégringolent les uns par-dessus les autres. La mule s'affole, lance une ruade, se cabre et veut s'enfuir. Patte de printemps réussit à agripper la bride et il s'y suspend de tout son poids, stoppant l'animal dans son élan.

P'tite Louise donne une tape sur le bras de son

frère. «C'est l'occasion ou jamais!» comprend-il. Ils tournent les talons et s'apprêtent à se sauver quand un coup de feu éclate derrière eux.

– Pas de ça, mes mignons! jappe Cou de taureau, sa pétoire fumante à la main.

– Vous aviez prévu votre coup en nous faisant grimper là-haut! enrage Pète-feu en se massant le bas du dos. Ces jeunes se fichent de nous depuis le début. Enterrons-les vivants dans un trou!

Les hommes sautent par grappes hors de la carriole. Les mines sont patibulaires, les regards franchement menaçants. Les armes se lèvent.

– Nous vous avons dit la vérité, assure Benjamin en tendant les bras, comme si ce simple geste pouvait arrêter les brigands. Il est bien question des crêtes noires et de la Groac'h sur le parchemin de papa.

– On ne vous croit plus! gronde Cabillaud en dégainant son poignard.

– Attendez, attendez! s'écrie P'tite Louise. Je viens de penser à une chose. C'est peut-être au soleil levant qu'il faut étudier le menhir! Les crêtes noires, ce sont les pierres encore engluées dans la nuit, et non pas lorsqu'elles ont chauffé une journée au soleil.

– C'est vrai, appuie Benjamin. La lumière éclaire un autre côté de la roche au matin. Sapristi! s'exclame-t-il, Ferme ton bec! répète sans cesse qu'il faut aller vers la lumière. Il n'est peut-être pas si sonné que ça.

– Le code est sur le chef! enchaîne la fillette. Le chef, c'est le haut du menhir.

– Il est possible que ces deux-là aient raison, grommelle Patte de printemps. Ce serait trop bête de se débarrasser d'eux maintenant, et de le regretter ensuite. Eux seuls me paraissent capables de comprendre le baragouin de la bestiole.

Les hommes grommellent. Certains estiment que les gamins ne savent rien et qu'ils sont un poids inutile, d'autres se rangent à l'avis du pirate et décident de laisser une chance aux marmousets.

– Soit! ponctue Cou de taureau. Mais si demain nous ne sommes pas plus avancés qu'aujourd'hui, nous enfouirons les mioches au pied du menhir. Et toi avec! achève-t-il en appuyant un doigt sur la poitrine de Patte de printemps.

Chapitre VI

La sorcière
du Bois de Laz

La bande a allumé un feu devant le menhir, et elle mange en silence, en demi-cercle autour du foyer. La déception se lit sur les visages, voire une sourde colère. Les enfants ont les pieds entravés, et ils pignochent leur poisson séché en évitant de croiser le regard des brigands.

«Pourvu qu'on trouve de nouvelles indications sur la pierre levée, songe Benjamin, sinon elle va devenir notre stèle funéraire.»

«Et si on s'était trompés? doute P'tite Louise. Si cette pierre levée n'avait rien à voir avec le trésor? Papa ne l'évoque pas dans son message. Il fait allusion aux crêtes noires et à la Groac'h, c'est tout. C'est ce bourrin de N'a qu'une patte qui nous a conduits ici.»

Cou de taureau mâchouille quelque chose mais, n'arrivant pas à l'avaler, il le recrache dans le feu. Alors les flammes jaillissent, immenses, claires et ronflantes, arrachant un cri de frayeur à tous. Patte de printemps se recule vivement, de crainte que son pilon ne prenne feu.

– Qu'est-ce que… qu'est-ce qui s'est passé ? bafouille le bouif.

Une ombre sort de l'ombre. Une silhouette se dessine sur la face rougeoyante du monolithe, torturée par le jeu des flammes.

– Hé ! s'écrie un gredin. Quelqu'un s'est glissé entre le feu et le menhir !

Là, devant eux, l'ombre prend forme et vie. Vêtue d'une cape noire, elle semble sortir de la roche. Son visage rouge est celui d'une femme. Sans âge. D'une beauté dangereuse.

– La Groac'h ! s'affole Pète-feu en se redressant à demi.

Les hommes sursautent et font le geste de saisir leurs armes.

– Sauve qui peut ! Tous aux abrrris ! Ferrrmez les

écoutilles ! s'égosille Ferme ton bec ! en battant des ailes.

– Le premier qui lève sa pétoire ou tire son sabre, je le foudroie sur place ! gronde la voix caverneuse de l'apparition.

– C'est pas possible ! bredouille Cou de taureau. Les sorcières, ça n'existe pas. Cette femme nous joue une...

La Groac'h tend la main vers le feu. Les flammes enflent démesurément et jettent une violente lumière vert et bleu dans la nuit, en même temps qu'une pluie d'étincelles retombe sur le groupe. La bouche béante et les yeux écarquillés de

stupeur, Cou de taureau éloigne la main de son mousquet.

– Que cherchez-vous sur ma pierre levée? reprend la sorcière.

Comme les coquins hésitent à répondre, P'tite Louise intervient:

– Notre père a sans doute gravé quelque chose sur le bloc. Des indications destinées à le retrouver. Nous attendons le matin pour y voir plus clair.

Patte de printemps approuve d'un hochement de tête.

– Et nous les accompagnons pour assurer leur sécurité, précise-t-il. On rencontre tant de vauriens et de traîne-misère en quête d'un mauvais coup...

– Qui est votre père?

La fillette s'apprête à répondre «Cap'taine Roc!», mais Benjamin la devance.

– Le duc des Fouesnant! déclare-t-il.

– Tiens donc...! Vous ne trouverez ici que korrigans, houpoux, farfadets, tourmentines, parisettes, croqueurs d'os et autres peuples de lutins qui ne souhaitent pas être dérangés.

– Tu te fiches de nous, sorcière ! Tu ne...

Cabillaud ne peut en dire plus : les mots se tordent dans sa bouche, et il n'en sort plus un son.

– Je peux, à mon aise, transformer ce menhir en ogre bossu ou battre le rappel des Tan Noz qui guettent les navires au milieu des écueils. Ils accourront dans l'instant et vous mettront en charpie.

Un silence. Les yeux de la Groac'h s'attardent sur les enfants. Les jumeaux frissonnent en ressentant une main glacée les palper de l'intérieur.

– Il n'y a aucune inscription sur la pierre levée, certifie la sorcière. Pas plus que de mousse ou de crotte d'oiseau.

– Ou elle ment ou les gosses nous ont raconté n'importe quoi ! s'emporte le bouif.

Un geste. Un petit geste. Du bout de l'index. Et une flamme se détend telle la lanière d'un fouet et vient griller une mèche de cheveux du cordonnier.

– Je crois qu'il est temps de jouer cartes sur table, se décide Patte de printemps. Il y a beaucoup à gagner pour chacun de nous si, au lieu de nous affronter, nous partageons ce que nous savons.

La sorcière avance de quelques pas et se plante devant le forban.

– Je ne suis pas créature à partager ! crache-t-elle.

– Allons, reprend le vieux, l'or ne laisse personne indifférent.

– Le nom de pirate du père des gosses est Cap'taine Roc, poursuit Cou de taureau. Au cours de ses nombreuses années de flibuste, il a amassé un fabuleux trésor qu'il a caché dans les Montagnes Noires, mais nous ne connaissons pas l'emplacement exact.

– Récite ton couplet ! ordonne Cabillaud à Benjamin en lui décochant un coup de coude.

– *L'or est roc sur les crêtes noires pour la rose et le bleuet. Et pour la fleur de vanille l'or est bois dans le soleil, là où sommeille la Groac'h.*

– Nous, on a compris qu'il fallait se rendre dans les Montagnes Noires, explique un homme. Le trésor serait quelque part dans les rochers. Mais il est possible aussi qu'une partie soit dissimulée dans la forêt, dans le tronc d'un arbre creux peut-être, puisqu'il est question de bois.

– Un grand chêne éclairé par le soleil, suppose Pète-feu.

– On espérait découvrir des renseignements plus précis sur le menhir, mais s'il n'y a rien… soupire le bouif.

– Ce que vous trouverez au bout de la quête est différent de ce que vous imaginez, prévient la Groac'h d'un ton lugubre.

— Tu sais donc quelque chose, déduit Patte de printemps avec un sourire entendu.

Les hommes se dandinent sur leur postérieur, les yeux brillant d'une joie cupide.

— Demain, nous fouillerons le Bois de Laz, quitte à abattre tous les plus gros troncs, signale Cou de taureau en tapotant la hache qu'il a rangée à côté de sa pétoire.

Corps d'ombre et visage de feu, la Groac'h paraît soudain grandir tant la colère gonfle en elle.

– La pierre levée marque l'entrée de mon domaine! tempête-t-elle en écartant les bras. Quiconque la dépasse et se risque dans ma forêt et dans mes montagnes encourt sa malédiction!

– Tu parles de ton menhir comme s'il était vivant, note un des malandrins.

– Tu nous menaces pour nous empêcher de continuer nos recherches, grogne un deuxième.

– Tu comptes garder tout l'or pour toi, renchérit un autre, agressif.

– Ou alors tu as déjà mis la main sur le magot, siffle un dernier avec un regard de serpent.

– Partez! hurle la Groac'h, hors d'elle. Ou vous subirez votre châtiment par la terre, par l'air et par le feu!

« Foutaises! » pense Cou de taureau, gardant toutefois la réflexion pour lui-même.

La sorcière pirouette sur les talons, devient un tourbillon de flammes, puis le feu retombe, à nouveau simple foyer dans son petit cercle de pierre.

– Elle… elle a disparu ! hoquette le bouif.

– Elle a jeté quelque chose dans le feu pour soulever les flammes, indique Cou de taureau, et profité de notre éblouissement pour s'éclipser. Je viens de réaliser que c'est de cette façon qu'elle nous a surpris aussi au début. Il n'y a pas la plus petite once de sorcellerie dans tout ça.

– Alors ce n'est pas une vraie sorcière ? s'enquiert Pète-feu.

Son compère hausse les épaules, rabaissant les vieilles croyances et les superstitions au rang de sottises.

– N'empêche, je ne suis pas tranquille, enchaîne-t-il. C'est quand même pas une femme ordinaire. Elle fait peur !

– Je prends le premier tour de garde, décrète Cou de taureau en rajoutant une branche dans le feu. Et si je vois voler la moindre chauve-souris, chouette ou houppelande de sorcière, je lui lâche un bon coup de fusil.

Chapitre VII

Dans le chaudron
de la Groac'h

Une lumière blanche monte à l'est au-dessus du Roc de Toullaëron*, conférant à l'aube une teinte métallique. L'homme qui termine son tour de garde secoue ses compagnons pour les arracher au sommeil, puis il va éteindre le feu. D'un coup de pied dans les talons, il réveille ensuite les enfants qui ont dormi sous la charrette, les poignets attachés aux roues.

Après avoir avalé des biscuits secs et bu une espèce de mélasse à l'arrière-goût de betterave, la bande se presse autour du menhir dans l'espoir d'y découvrir quelque signe qui les guiderait dans leur quête.

– Y a rien de rien ! enrage Pète-feu. Elle avait raison, la Groac'h. Cette roche n'est qu'une simple borne.

* Le point culminant des Montagnes Noires (326 m).

« Alors les paroles de Ferme ton bec ! ne riment à rien, songe P'tite Louise. Le pauvre est vraiment toqué. »

Patte de printemps attelle la mule à la carriole, s'installe sur le siège à côté de Benjamin et de P'tite Louise, puis il donne le signal du départ.

– Pourvu que le chariot soit assez grand pour transporter le trésor ! lâche un gaillard.

Personne ne répond, mais les esprits s'emballent à l'idée qu'il pourrait s'agir d'une montagne de pièces d'or, de pierreries, de bijoux, de perles, d'étoffes précieuses... Au moment de pénétrer dans le Bois de Laz, Cou de taureau tourne la tête vers le mégalithe.

– La malédiction de la pierre levée... Pfff ! pouffe-t-il avec une moue de dédain. C'est du caillou. Du pur caillou.

*   *   *

Au même instant, à Concarneau, le visage collé entre les barreaux, Marie assiste au lever du soleil sur la ville.

– Ferme ton bec! ne revient pas. Est-il devenu complètement idiot au point de n'avoir pu retrouver les jumeaux? s'inquiète-t-elle.

– Tu te fais du mal à espérer, lui dit son oncle Tepos. Depuis que nous sommes dans cette geôle, tu ne quittes plus la fenêtre.

– Je ne me résigne pas à être pendue, réplique-t-elle. Et je n'ai pas l'intention d'entamer mon chant de mort, comme tu le fais. Je regarde les oiseaux; je me persuade que l'un d'eux est notre perroquet et qu'il va plonger vers moi avec un message de Benjamin et de P'tite Louise.

– Ils nous ont oubliés, grogne Malibu assis contre la grille, les jambes repliées et le front sur les genoux.

Marie ne le croit pas. Les enfants sont quelque part, à préparer leur évasion. Peut-être sont-ils dans cette charrette qu'elle entend passer dans la rue? Peut-être se sont-ils fait engager par le marchand de vin qui livre sa marchandise à la forteresse? Peut-être pataugent-ils dans une galerie à moitié inondée pour s'introduire par un souterrain ? Peut-être…

Des pas dans le couloir. Des clefs raclent contre les grilles, réveillant les prisonniers.

– On nous apporte le brouet du matin, renifle Ni oui ni non.

Parabas approche de la grille, sa gamelle à la main. Le garde s'arrête devant lui, plonge une louche dans un seau et verse son contenu dans le récipient. Il s'apprête à remplir celle de Malibu quand le marquis lui jette le liquide au visage et lui attrape les deux mains. Malibu ceinture aussitôt les jambes du soldat.

– Ses clefs, vite !

Les doigts de Ni oui ni non s'acharnent sur la sangle qui retient le trousseau, et cherchent à le détacher tandis que l'homme hurle à pleins poumons.

– Faites-le taire, bon sang ! gronde Parabas en tirant le garde vers lui de toutes ses forces pour écraser son visage contre les barreaux.

Tepos et Marie lui maintiennent la tête et lui enfoncent un poing dans la bouche, mais déjà un bruit de course et des appels éclatent dans le corridor.

Fusil et pistolet au poing, des soldats accourent, hués par les autres prisonniers qui frappent leurs gamelles contre les grilles.

Ni oui ni non vient de détacher la sangle qui retient les clefs, mais un violent coup de crosse le rejette au milieu du cachot. D'autres coups font reculer Parabas et Malibu. Les canons des armes pointent entre les barreaux.

– Fusillez-les! braille le garde agressé.

– Ce serait nous priver d'un beau spectacle, les retient l'officier de jour. Le juge Pennec va s'occuper d'eux aujourd'hui, et je ne me souviens pas qu'il ait fait grâce à quelqu'un. Demain, ils seront en train de gigoter à deux mètres du sol et de tirer la langue aux passants.

*   *   *

Accroché au flanc de la montagne, le Bois de Laz présente un terrain accidenté, peu commode pour le passage d'une carriole.

– Descendez! lance Cabillaud aux enfants comme la mule peine dans la montée.

Des hommes ont empoigné les rayons et ils les font tourner à grand ahan. D'autres tirent l'animal pour l'empêcher de reculer. Suant, pestant, jurant, la tête pleine des « Hue dia! Hue dia! Avance donc, bourrique! » et des coups de fouet qui claquent dans l'air, le groupe atteint enfin un espace plat, sorte de répit accordé par la montagne avant le prochain raidillon.

– On fait une pause, commande le bouif, aussi rouge qu'une écrevisse, et la blouse auréolée de transpiration.

– Ce n'est pas le moment, refuse Patte de printemps. Regardez donc ce qui nous attend là-bas ! Du doigt, il désigne un gros arbre gris au tronc renflé, calciné par la foudre, et qui hérisse trois moignons vers le ciel.

– On dirait qu'il a avalé un rocher, relève un homme.

– Un rocher... ou un coffre ! lance Pète-feu.

– Allons voir ce qu'il a dans le ventre ! braille Cabillaud en brandissant sa hache.

Toute fatigue oubliée, ils se mettent à plusieurs à attaquer le tronc, qui à coups de hache, qui à coups de sabre, qui au moyen de grosses pierres à l'arête tranchante. Les autres font cercle autour, les encourageant de la voix et du geste. P'tite Louise serre la main de son frère, le cœur battant, partagée entre l'espoir de découvrir le trésor de leur père, et l'envie tout aussi naturelle de voir ces canailles se briser les reins pour rien. Les coups portés contre l'arbre résonnent dans la terre.

– C'est normal, le son se propage le long des racines, souligne Benjamin.

Les éclats de bois volent en tous sens. Les lames éventrent le tronc, écartent les parois, plongent dans la fente du cœur... L'excitation retombe quand il devient évident que l'arbre ne renferme aucun coffre, aucun sac, aucune bourse, aucun sou, pas même un denier* perdu dans un repli de l'écorce par un colporteur qui se serait adossé au tronc. C'est alors que retentit dans l'air une espèce de rire qui se mue en grondement de sabots, en bruit de cavalcade apporté par le vent d'ouest. Les têtes se lèvent, cherchent les nuages à travers les branches des sapins.

– Ce ne peut pas être un orage, remarque Cabillaud. Le ciel est dégagé.

Le ciel se couvre pourtant d'un voile chagrin a u-dessus d'une mer grise, et il ne tarde pas à bousculer des rouleaux de nuages vers la montagne. La pluie commence à tomber à l'instant où la bande de Patte de printemps longe un chaos de rochers qui

* La douzième partie d'un sou.

ouvre la forêt en deux.

– Saleté de flotte! rage un lascar. Elle ne va pas nous faciliter les choses. On avait bien besoin de ça!

– C'est un grain chassé par une saute de vent, signale Patte de printemps. Ça ne durera pas.

L'averse dure pourtant, se déversant en rafales de plus en plus violentes, avec un vent soutenu qui s'engouffre dans les trouées, râpe les branches et lisse les rochers. Trempés de la tête aux pieds, les hommes pataugent dans les flaques de boue, glissent, se flanquent par terre... La carriole s'enlise dans les ornières...

– Il faut aller vers la lumièrrre! les encourage Ferme ton bec! Là où le bouclier de pierrre...

– Il faut nous arrêter! assène Cou de taureau. Et nous abriter sous la charrette!

Il coince la longe de la mule sous une grosse pierre et court se blottir sous la plate-forme. Comme les hommes sont trop nombreux pour tenir tous dessous, deux d'entre eux vont se réfugier dans une espèce de niche formée dans un empilement rocheux à l'extrémité d'un éboulis. L'attente se prolonge, mais la pluie ne faiblit pas.

– On ne va pas passer la journée ici, grogne Pète-feu, accroupi sous la charrette. Y a qu'à abandonner la carriole et continuer avec la mule. Nous reviendrons la chercher quand…

Un bruit de tonnerre étouffe ses paroles.

– C'est pas l'orage! s'inquiète le bouif. Ça viendrait plutôt de…!

Il n'achève pas. Une énorme avalanche de terre dévale de la montagne, bondit par-dessus les rochers et, pareille à une main brune, va s'écraser contre l'amoncellement de blocs, engloutissant les deux pendards sous des tonnes de terre, de cailloux et de racines. Un ricanement semble crépiter le long du couloir d'éboulement avec les dernières pierres. Une masse de nuages se tord au-dessus de la forêt, esquissant le visage de la Groac'h.

– Par la terre ! avait annoncé la sorcière, murmure Benjamin, aussi atterré que les autres.

– Tais-toi, oiseau de malheur ! s'écrie Pète-feu en saisissant le garçon à la gorge pour le tirer de sous la charrette. C'est ta sœur et toi qui nous portez la poisse !

– Lâche mon frère, sac à fiente ! s'insurge P'tite Louise en bourrant le bonhomme de coups de poing et de coups de pied.

Le bougre la repousse si brutalement qu'elle tombe à la renverse. Benjamin se dégage et décoche un coup de genou dans le bas-ventre de son adversaire, mais il est aussitôt ceinturé par le bouif. Une détonation les fige tous. Debout sur la carriole, deux pistolets à la main, Patte de printemps braque une des armes sur le groupe.

– Il me reste une balle à tirer avant de recharger, crie-t-il. Qui la veut dans son crâne ?

Les hommes se calment. La fillette se relève en bougonnant. Le regard qu'elle jette à Pète-feu équivaut à une décharge de mousquet.

– On n'a pas demandé à venir ! crache-t-elle. Alors laisse tes sales pattes loin de nous !

– On repart ! ordonne Cou de taureau. Les haltes ne nous valent rien. Vaut mieux s'user les bras à pousser le chariot que se laisser aller à penser à des diableries.

– Si c'est pas des diableries, ça ! proteste l'un des rufians en montrant la coulée de terre. La Groac'h vient de nous tuer deux compagnons. On a tous entendu son rire et vu son visage dans le ciel.

– C'étaient des cailloux qui ricochaient, assure Patte de printemps. Quant aux nuages, chacun y voit ce qu'il veut. Je regrette pour les deux hommes, mais on ne peut plus rien pour eux. En route maintenant ! C'est quand même pas la pluie qui va nous faire renoncer au trésor ?

La pluie ne les lâche pas, cinglante, féroce, obstinée. Le ciel s'est refermé sur la montagne et la forêt, tel un couvercle de bronze sur un chaudron. Et il roule d'assourdissants coups de canon. La forêt s'entaille soudain d'une ravine. Le groupe la longe, cherchant un passage pour la franchir, mais elle se creuse et s'élargit en gorge.

– Il y a un pont plus loin, se souvient un homme.

Épuisés, les jambes lourdes, les vêtements collés à la peau, les larrons mettent leurs dernières forces à suivre le précipice jusqu'au pont. Enfin, celui-ci se devine à travers le rideau de pluie battante, simple trait jeté d'un bord à l'autre.

– Il est en bois, constate un bougre en approchant. Ça doit glisser dessus.

– Il n'a pas l'air très solide, renchérit un deuxième. Il ne supportera jamais le poids de la mule et de la charrette.

– Que les gosses passent les premiers ! conseille un troisième. Nous verrons bien alors si…

– Tête creuse ! le coupe Patte de printemps. Si les mioches courent devant, tu ne les reverras plus. Sitôt de l'autre côté, ils se sauveront dans la forêt. Le bouif, Cabillaud, franchissez ce pont et prouvez à ces pleutres qu'il n'y a aucun risque !

Les deux hommes s'engagent sur le tablier du pont, peu rassurés tout de même. Mais à peine sont-ils à mi-traversée que le vent surgit par le travers et plonge sur eux. C'est une véritable main grise qui plaque les gaillards contre le parapet, jette les autres à terre afin qu'aucun ne puisse leur porter secours, soulève les traverses une à une et les fait culbuter, telle une chiquenaude éparpillant des dominos. Cramponnés à la rambarde, un pied dans le vide, Cabillaud et le bouif veulent hurler, mais le souffle entre en eux, tasse leurs cris au fond de la gorge, les étouffe et, secouant le pont comme on le fait d'une nappe pleine de miettes, il les arrache et les précipite dans le vide. Le vent se met alors à tourbillonner, aspirant des feuilles, des épines, de la mousse, avec lesquelles il façonne le visage de la Groac'h, en même temps qu'un rire démentiel court à la surface des arbres.

« Par l'air ! comprend P'tite Louise. La malédiction de la pierre levée est en train de s'accomplir. Le pont s'est écroulé. Allons-nous tous périr par le feu, à présent ? »

Chapitre VIII

Par la corde
et par le feu

Pendant ce temps, à Concarneau, la charrette des prisonniers s'arrête devant la salle du tribunal. Tassés de chaque côté de la rue, des gens insultent les pirates, leur jettent des pierres et des fruits pourris.

Les soldats escortent Parabas et les autres dans la salle et les enferment dans une grande cage en bois. Une foule bruyante envahit le tribunal, les derniers poussant les premiers, menaçant de faire craquer la barrière qui sépare l'auditoire de la cour.

Quand entrent le juge Pennec et les autres membres du tribunal, la salle fait silence. Pennec examine le carré de prisonniers par-dessus ses besicles, s'assied et commence à lire les chefs d'accusation en déclinant les noms de chacun des flibustiers.

– Ni oui ni non, ce n'est pas un nom, ça! observe-t-il en lançant un regard acéré au second de Parabas.

– J'enseignais la cartographie marine à la Sorbonne, répond celui-ci. À force de voyager sur le papier, l'envie m'est venue de m'aventurer réellement sur l'océan.

– Et vous avez rejoint les Frères de la Côte! s'exclame le juge. Bel exemple pour nos étudiants! Et vous, marquis, un chevalier de l'ordre de Saint-Louis! Comment avez-vous pu...?

– L'ordre ne nourrit pas son homme, rétorque Parabas.

Des rires éclatent dans l'assistance. Pennec donne des coups de maillet sur la table pour ramener le silence.

– Quoi qu'il en soit, Indien, Noir ou marquis, vous êtes tous jugés en tant que pirates, la conscience aussi chargée pour les uns que pour les autres. Avez-vous quelque chose à dire pour votre défense?

Les prisonniers restent muets. Sur un signe de Pennec, les jurés quittent la salle pour aller délibérer. Ils reviennent presque aussitôt et regagnent

leur place. L'un d'eux se lève et, à l'énoncé des noms de chacun des accusés, déclare :

— Coupable !

— Les cinq prisonniers sont reconnus coupables

d'actes de piraterie, résume le juge. En conséquence, ils sont condamnés à mort. L'exécution aura lieu demain, avant midi.

Des applaudissements crépitent dans la salle. Des poings se lèvent en direction des prisonniers. On les fait sortir rapidement pour éviter que les gens ne les frappent au passage. La charrette repart sous les huées de la foule.

– C'est fini, murmure Marie en appuyant sa tête sur l'épaule de Tepos. C'est fini…

*　　　*　　　*

À huit lieues* de là, à vol d'oiseau, les brigands ne bougent plus, pétrifiés. Cabillaud et le bouif ont disparu, avalés par la tempête.

– C'est… c'est nous qui serions morts si… si nous avions traversé les premiers, bégaie Benjamin en regardant sa sœur.

Le tonnerre enfle, roulant ses bordées. Cou de taureau passe une main sur son visage ruisselant de pluie.

* Environ 32,5 km.

– Quatre compagnons… marmonne-t-il, cette expédition nous a déjà coûté quatre compagnons. Tout ça pour nous retrouver bloqués devant ce… ce trou de la mort!

Un éclair tombe des nuées telle une flèche lumineuse, suivi d'un craquement épouvantable.

– Sortons de la forêt! s'affole Pète-feu. Les arbres attirent la foudre.

– Il a raison, acquiesce Cou de taureau. De toute façon, il fait aussi sombre qu'en pleine nuit. Nous reviendrons quand nous y verrons plus clair.

Le vieux pirate accepte à contrecœur. Et c'est le retour, la retraite, la descente sur des sentiers transformés en langue de boue. Patte de printemps serre le frein de la carriole à se meurtrir les doigts pendant que Cou de taureau s'évertue à calmer la mule paniquée par les sillons de feu et le grondement incessant de l'orage. Cramponnés aux rayons des roues, Benjamin, P'tite Louise, Pète-feu et un deuxième malandrin retiennent le chariot afin qu'il ne dévale pas la pente et écrase dans sa course la bête et l'homme.

Des pierres dégringolent du versant avec des crépitements sinistres. Certaines heurtent les ridelles. Un caillou frappe la croupe de la mule. L'animal hennit de douleur, se cabre, s'arrache des mains de Cou de taureau et bondit en avant.

– Attention ! hurle Pète-feu.

L'avertissement arrive trop tard. N'ayant pas lâché la roue assez vite, P'tite Louise est propulsée vers l'avant. Sa tête frôle le moyeu, son épaule cogne dans le cercle de la roue. Le choc la projette de côté.

– Aaahhh !

Elle agite les bras, gifle l'air, et disparaît dans la ravine alors qu'une griffe de feu fend le ciel en deux.

– Par le feu ! balbutie Patte de printemps. La Groac'h va nous décimer les uns après les autres.

– Nooonnn ! crie Benjamin en se penchant au-dessus du vide. Pas P'tite Louise ! Non ! Non !

TABLE DES MATIÈRES